KB092857

땅 한 평 없어도 나는 농부다

땅 한 평 없어도 나는 농부다

초판인쇄 2021년 2월 18일
초판발행 2021년 2월 25일

지은이 | 류 자
펴낸이 | 서영애
펴낸곳 | 대양미디어

출판등록 2004년 11월 제 2-4058호
04559 서울시 중구 퇴계로45길 22-6(일호빌딩) 602호
전화 | (02)2276-0078
팩스 | (02)2267-7888

ISBN 979-11-6072-074-7 03810
값 10,000원

땅 한 평 없어도 나는 농부다

류 자 시집

대양미디어

　사방이 콘크리트로 뒤덮인 아파트촌에 오래 살다 보
니 푸른 들이 많이 그리웠습니다.

　초록이라 하면 논이나 밭은 물론, 잡풀 우거진 풀밭
마저도 사랑스러워 보였지요.

　그래서 얼마 전부터는 집 근처 텃밭을 가꾸고, 좁은
베란다에 상자텃밭을 놓아 갈증을 풀어 가고 있습니다.

　충청남도 당진군 면천면 자개리.

　어린 시절 그리운 외할머니 댁에 가는 길은 참 멀기
도 멀었지요.

　아버지 손을 잡고 용산 시외버스 터미널에서 버스를
타고, 충청남도 당진까지 가는 동안 초등학교 저학년
어린아이는 꾸역꾸역 올라오는 멀미를 참느라 숨도 잘
못 쉬며 갔던 기억이 있습니다.

　면천 차부에 내리면 다시 덜컹거리는 버스를 갈아타
고 가, 동네 유일한 구멍가게가 있는 남산 정거장에 내

렸지요. 날이 어두워지기 전에 서둘러 저 멀리 보이는 야트막한 산등성 밑 외갓집까지 부지런히 걸었습니다.

꼬불꼬불 논과 밭을 지나고 냇물을 건너 꼬부랑 허리 굽은 할머니가 반겨주시는 삽짝을 들어서면, 힘겨웠던 차멀미는 언제 그랬냐고 씻은 듯 사라졌지요.

주렁주렁 꼬투리 익어가는 콩이 울타리를 치고 둘러 선 앞마당 가운데에 서면 발아래로 나지막이 마을이 펼쳐지고, 아랫집 정겨운 우물엔 이 빠진 나무 두레박이 걸려있었습니다.

저에게 시골은 아니, 농사는 그리운 외할머니입니다.

생각만으로도 설레는 기억 저편의 풍경들, 『땅 한 평 없어도 나는 농부다』는 유년의 기억이 불러낸 내면의 한 부분입니다.

새벽 일찍 자리를 털고 집을 나가도 불평 한마디 없이 응원을 보내주던 남편 전광출, 벌레 먹어 구멍 숭숭 뚫린 푸성귀를 묵묵히 다듬어 주던 딸 전솔, 엄마가 부르면 어디든 차를 끌고 와주던 아들 전민재, 사랑하는 가족과 함께 들판을 누비던 도시의 농부들과 이 책을 나누고 싶습니다.

2021년 2월

류자

| 차 례 |

작가의 말 · 5

제1부 쑥버무리와 잘 어울리는 봄

제4부 추울수록 힘이 나는 겨울

제1부

쑥버무리와 잘 어울리는 봄

봄 눈

봄날의 하루 볕에는
희망의 기운이 들었다

마른 가지를 뒤덮은
무성한 봄의 눈

톡 톡 터지는 날
세상은 만개하고

만 개의 봄이 보이면
사람도 봄처럼 눈 뜨리라

실눈처럼 그윽해도
품어 안은 세상은 깊어

어제를 보낸 오늘이
겨울을 물린 봄눈처럼 환하다

솜털의 반란

말라비틀어진
천년초 늙은 꽃대 옆으로
아기가 자란다

미련도 없이
마지막 숨을 걷어내고
새파란 눈 맞추다가

덜커덕
가시보다 드센
솜털에게 딱 걸렸다

시앗 꼴은 못 본다
복수의 칼날은
사방팔방 찔러대고

마디 둘밖에 안 되는
그녀의 반란에 손마디가 아려
몸져눕게 생겼다

첫 삽 뜨는 날

책으로 배우는 농사
땅파기 빈 땅에 물 주기

상추 한 줄 쑥갓 한 줄
열 맞춰 모종을 심고

줄 심기 흩뿌리기
점박기로 씨앗을 놓는다

매니큐어 마른 손가락에
흙물이 들어도 흥얼흥얼

손톱 밑이 젖어 들어
흙 때가 끼어도 지지배배

고대광실 지주를 박듯
3평 텃밭 첫 삽을 뜬다

솔새처럼 날다

걸어가면 좋은 산길
쉬어 가면 더 좋은 숲속

길도 없어 손닿지 않은 나무
마른 가지에 걸린 오두막

옹기종기 모여 사는
산 새알 다섯을 만났다

몸이 되고 털이 나고
날개 돋는 작은 공간

실금에 껍질 부서지면
길도 없는 창공에 새 길을 내겠지

아른거리는 솔 새알
어미가 보이고 아비가 보인다

간질간질 가려운 어깻죽지
새처럼 날고픈 욕망은 죽지 않아

늙은 몸에도 날개가 돋으려나
내려오는 걸음이 새처럼 가볍다

아직은 몰라요

아직은 모릅니다
이 흙에 뭐가 있는지
이 땅에서 과연
생명이 움트는지

그래도 짓습니다
작은 집으로 열 채씩
흙을 고르고
씨알을 다듬어

농사를 짓습니다
물을 주며
그저 지켜보는 일도
농사라고 짓습니다

운명은 3일

모래알보다 작은
알팔파 씨앗 하나
물 먹여 재워놓고

저것이 될까
실낱같은 희망
실 같은 싹을 내민다

그 짧은 삼일
곤추세운 어깨
작은 우주가 열렸다

꿈에도 본 적 없는 너와
만난 지 삼 일 만에
운명 같은 사랑을 시작한다

10층 텃밭

밭 흙과 상토를
골고루 비벼
배 뚫린 페트병에
손가락 골을 낸다

노지에서 밀려난
푸른 열무 씨앗은
별처럼 반짝이다
모로 누워 흙을 덮고

푹 한숨만 자고
벌떡 일어나거라
분무기 물살도 아플까
조심조심 살살

햇살은 부드럽게
바람은 간지럽게
잘 보이는 베란다
지정석에 터를 잡는다

까마득한 절벽을
등에 지고 생경한
새 삶을 준비하는
10층 베란다 텃밭

새싹이 틀지 말지
어제오늘 또 내일
아까 보고 또 보는
즐거움이 시작되었다

오렌지 재스민

간밤에 뭔 일이 있었는가
수줍은 새 아가
향기로 먼저 웃는다

푸른 잎에 가려
스치고도 모를까
진한 향이 코끝에 걸리니

안 봐도 알 것 같고
숨어도 기어코 찾고 말
달콤함이 진동한다

하루 새에 향도 영글어
봄바람을 타고
동네방네 휘저어 다닌다

여기까지 와서

여기까지 와서도
못 버린 욕심

흙처럼 농사처럼
살 것처럼 해놓고

모종 한 줄 밭 한 이랑
욕심을 부린다

아가야 모종아
귀와 눈은 닫고 입만 열어라

자식 자랑

"오곡동 우리 밭 보실래요?"
"거기도 밭이 있어요?"
갈 길을 물리고
스케줄을 바꿔 따라 나선다

"요기가 상추
 저기는 감자"
싹도 안 난 빈 땅에
굵은 말뚝 네 개 경계가 삼엄하다

"조기 가면 저것도 있어요."
"뭔데 뭔데?"
자식 자랑은 끝이 없고
자식 없는 난 부러워 살 수가 없다

요즘만 같아라

내 맘을 어찌 아셨는가
물 주러 가야지
하면 보슬보슬 비가 온다

햇빛 잘 먹은 모종은
수줍은 처녀 애
처음 하는 화장처럼 싱그럽고

어린 새싹 고개 내밀 제
흙덩이 무거울까
여린 바람은 고랑으로 털어낸다

한껏 부푼 풍선을 타고
하릴없는 도시농부는
눈으로 거저 농사를 짓는다

5월의 텃밭

땅속에 잠자던
상추며 당근 씨앗이 움트고

손톱만 하던 떡잎이
손바닥처럼 커지는 5월

누웠던 풀잎의
벌떡 일어나는 소리 듣는다

따스한 햇살은
더 따뜻한 햇볕 되어

흙빛 날리던 텃밭
숨은 자리까지 찾아내니

도시농부들
발걸음 덩달아 바쁘다

꽃보다 이쁜 5월의 텃밭
초록은 만발하며 축제를 알린다

빌딩 사이 유채밭

5월이 오는 길목에는
빌딩과 빌딩이 스치는 사잇길에
쉼표처럼 조용한 의자를 하나 둘 일이다

앉은키로 눈 맞춤하는 유채꽃 피어나
의자를 덮고 숲처럼 우거지면
그 의자에 한 번 앉아 볼 일이다

시계처럼 빠르게 지나가는 하루
향긋한 유채 향에 취하면
바람인 듯 구름인 듯 흘러가리라

유채꽃 흐드러진 꽃밭에서
쉬엄쉬엄 나누는 이야기는
오래된 연인처럼 깊고도 편안하리라

쑥버무리와 아메리카노

백이면 한둘
심장에 콘크리트 덮인
무심한 남정네 몇 빼놓곤
봄바람 이기지 못하게도 생겼다

속살까지 새파란
햇살 나직해진 들녘
쑥하고 올라온 짙은 손짓에
못 이기는 척 이끌려

그만 그 맛을 보고 말았다
눈을 감아도 떠오르는 자태
바람을 타고 드는 향기
잊으려 잊어버리려

진한 아메리카노로
입가심을 하면 할수록
어금니까지 파고드는 순정
봄바람에 제대로 홀렸다

그러고 보니 궁합도 안 보는
쑥버무리 숫총각과
아메리카노 수줍은 처녀의
잘 어울리는 맞선

쑥과 아메리카노의 이중주
닮은 듯 쌉쌀하면서도 그윽한 향
목을 타고 흘러 가슴을 두드리는
완벽한 브런치 당신은 아시나요

천마를 캐다

봄에서 여름으로 가는 길목
산은 푸르고 언덕 밑은 깊어
가을볕 추수만은 못해도
굽이마다 제법 수확이 있다

높은 산은 약초를 품고
숨었다가 보였다가
들었다가 또는 내놓았다가
큽큽 푸릇한 산내를 풍긴다

속세를 잠시 두고 온 인생은
거친 산등을 더듬으며
해질 것같이 남루한 발길로
등성을 걷다가 헤매다가

매직아이 아련하게 숨은
그림처럼 보여도 보이지 않고
있어도 있을 것 같지 않다가

한 줄기 생명처럼 곧은 선을 본다

하늘의 이름을 얻어
선녀처럼 지상으로 내려와
산에서 나고 자란 천마는
사람의 손을 타야 드디어 빛이 된다

천운이 닿은 광부가 금을 만나듯
주먹 반만 한 황금 덩이를 캐어
석삼년을 뿌리부터 익히고 묵히면
이름처럼 영험한 천약이 된다

하여, 천마를 처마 안에 들여놓고
독주로 치성을 드린다
바라만 보아도 약이 되는지
효험의 기운이 벌써 진하다

제2부

한낮의 낮잠 같은 여름

오 수

S자 몸매는 아니지만
S자로 누웠다

돌덩이는 아니지만
돌덩이처럼 무거운 몸이다

더위도 지쳐가는 오후
날개라고 달린 것은 모두 돌아간다

날개 없이도 돌 것만 같아
모로 누워 눈꺼풀을 닫는다

곰곰 생각해 보니
하루하루가 전쟁이었다

휴식은 곧 휴전이라
한낮의 낮잠은 평화를 부르리라

텃밭에서

그러고 보니
쑥갓이 먼저였다
슬그머니 밀어 올린 꽃대에
샛노란 꽃 피고 또 피고

쭉정이 뿌리를
마지막 제물로 바친
당근 꽃은 쟁반 같은 얼굴
옥빛으로 환하게 웃었다

잎사귀 털린 상추도
마디마디 남은 힘을 모아
꽃 같지 않은 꽃잎으로
함박웃음 피워낸다

한여름 햇살 뜨거워
고운 님 발길 끊길까
흐드러진 꽃의 유혹에
울까 말까 웃을까 말까

시든 잎 사이로 피어난
봄보다 화사한 채소 꽃
너도 분명 꽃이라
더운 땅을 채우는구나

우리네 사는 동안
누가 먼저랄 것도 없이
꽃처럼 환하게 웃으면
삶은 텃밭처럼 풍성하리라

물 주러 간다

그 많던 아침잠을 털고
주섬주섬 옷을 입는다

매일매일 출근하듯
텃밭에 물 주러 가는 길

밤새 자란 푸성귀
방울방울 맺힌 이슬

내가 가야 너를 보니
식전부터 텃밭으로 간다

황매실

길 가다 떨어진 보물을 보았다
한 개 두 개 세 개…
멈추지 않을 수 있겠는가

산길을 걷다가 황금을 만났다
한 알 두 알 세 알…
손이 터지도록 줍지 않겠는가

초록이 지천인 풀 섶
잘 익은 매실, 나무를 떠나
말캉한 향으로 숨은 곳을 알린다

옷자락을 여미던 기억
간밤 꿈엔 반짝이는 동전
주워도 주워도 끝나지 않더니

집까지 따라온 매실 향
치맛자락에 산 열매 그득 채우던
어린 날의 동구 밖 추억을 마중한다

여름 풀밭

처음부터 이러진 않았는데
매일이 풀과의 전쟁이다

뽑고 돌아서면 또 있고
다시 나는 건지 놓친 건지

풀은 끝이 없고
뽑는 손은 고달프다

사실 아직도 힘든 건
뽈 뽑다가 다치는 내 아가들

한 송이 한련화

무리 속에 피어있는 너를
그만 똑 하고 꺾었구나

무딘 손가락이 웬수라
미워도 원망만은 말아다오

화병에 물은 넉넉하니
어디로 옮기든 살아만 있어라

홀로 온 집안을 밝히는 한련화
한나절 태양처럼 눈부시다

감자 캐는 날

처음부터
내 것이 아니었기에
하늘의 눈치만 보았다

알갱이 들어 올릴 날
단체방 카톡이 들썩들썩
알현할 택일도 쉽지 않아

발이 빠질까
감자가 무를까
흙 범벅을 먹을 수는 있을까

모르면 몰라서
알면 알아서 근심 걱정 쌓이고
생각이 깊어지는 밤

세상이 무너질 것 같이
폭우 쏟아져도

어둔 밤은 낮을 이기지 못해

날은 밝았고
발길은 모여 땅을 엎어
지구의 한 귀퉁이를 도려내었다

깊은 잠을 깨고
말간 얼굴 드러낸 감자
포슬함이 흙성을 닮았구나

생각을 나누고 일손을 모으니
수확의 기쁨은 크고
감자의 속살은 더 맛지다

─ 곡주 한 잔을 풀어
  자축의 건배를 나누고
  들어낸 자리에 콩 모종 심다 ─

텃밭 소식

간밤에 비를 흠뻑 맞은
감자밭이 쩍쩍 갈라졌대요

상추나 고추 모종과 달리
씨알을 얕이 심었던가 봅니다

툭툭 불거진 알감자가
퍼런 배를 드러내고 누웠습니다

고랑 흙을 살살 긁어
부끄런 배를 가려 줍니다

도시로 시집온
감자가 고생입니다

주 름

가로줄이 선명하다
햇살이나 가리자고
챙 넓은 모자를 썼더니
문신처럼 주름을 남겼다

씻어도 지워지질 않는다
살도 없는 이마에
영원처럼 그어진 실선
종일을 달려 밤을 맞는다

온 신경이 이마에 걸린다
탄력을 잃으면 마음도 잃는지
패인 주름은 패인처럼
가슴에 굵은 금을 긋는다

금이 간 가슴으로 긴 잠을 잔다
가까스로 벗어나니
자고 나면 그뿐
챙 넓은 모자를 또 챙긴다

구사일생

오뉴월 장마는 길었고
햇볕은 따가웠다
지난한 여름
뜨거운 너를 보내고
상큼한 가을을 맞는다

여물지 않은 콩
미처 익지 못한 토마토
자라다 멈춘 가지
하늘이라도 덮을 듯
무성한 여주의 덩굴손

냉정하게도 뽑혀
실뿌리마저 흙이 털리고
쓸쓸히 퇴비장 가는 길
외마디 비명에 멈칫
농부의 가슴이 내려앉는다

어쩔 거나 너를 어쩐단 말이냐
녹슨 허리를 삐걱이며
온갖 장아찌를 담는다
버릴뻔한 너를 살려
죽었던 입맛을 살리리라

세시에 온 손님

점심도 지난 한나절
"집에 있나?"
지나가다 툭 걸려온
전화 한 통에
"있다 와라"
간단히 답합니다

차나 한잔 마시자
그리 말했지만
아점 먹고 허전할 시간
뻔한데 뭘 묻나요
주섬주섬 채소
몇 잎을 꺼냅니다

태생이 텃밭이라
며칠이 지났어도
싱싱한 토마토
아직도 건강한 로메인

툭툭 뜯어 놓고
굵은 면을 삶았어요

이태리 맛집 여행
단숨에 건너간 로마의
어느 식탁 부럽잖은
원색의 향연
눈과 입이 바쁠수록
가슴으로 살이 찝니다

늙은 여주

늦었다
장맛비에 농익어
불타는 입을
쫙 벌린 여주
주렁주렁 붉은 알을
입 밖으로 밀어낸다

새파란
청춘의 하절정
시퍼런 칼로 저며
누런 햇볕에 지져내면
피로회복 노화 방지
약이 된다 들었건만

아깝다
늙은 여주
얼음 알 쟁여 넣고
식구대로 강제집행
달 큰 쌉싸름한 풀 맛
입안으로 밀어 넣는다

밤새 안녕한지

지난밤 내
귀를 때리는
우렁찬 빗소리
곤한 잠을 번쩍 깨우고

밤새워
뺨을 때리듯
매서운 빗줄기
창 너머로 들이치는데

지붕도 없는 벌판
텃밭을 지키는
여주 토마토 가지
무사히 아침을 맞았는지

손길만 닿아도
툭 부러지던
고추 상추 쑥갓
여린 몸은 안녕한지

햇볕 뜨거우면
상춧잎 탈까 걱정
바람이 드세면
고추 뿌리 넘어질까 근심

퍼붓는 빗줄기
해갈이 지나쳐
푸른 잎 녹아내릴까
도시농부 애간장 다 녹는다

6월의 밀밭

6월이 오는 길목에는
줄기를 헤치고
의자를 하나 둘 일이다

밀밭이 우거져
숲으로 기대서면
오래된 연인은 두 손을 잡는다

고랑도 없는 들을 헤치고
푸른 밀향에 취하는
사랑은 구름도 일렁이게 하리라

끝도 없이 너른
사랑 길 손잡고 걸어갈
사잇길 하나 내어도 좋을 일이다

6월이 오는 길목에는
살랑이는 밀바람을 맞으며
쉬엄쉬엄 앉았다 가면 더 좋을 일이다

마 늘

화끈한
화기에 놀란 새벽
손가락이 뜨겁다

때는 바야흐로
마늘의 계절
6쪽이라면 1200알

겨우 전반전 뛰고
손가락 마디에 남은
얼얼한 후유증

알싸한 매운맛
제대로 보여주는
햇마늘의 따끔한 한 방

식초물에 가두고
씨익 썩소를 날린다
너희들은 포위되었다

고구마밭에서

야 이놈 멧돼지야
한여름 그 더위에
밭에는 왜 갔느냐

야 이놈 고라니야
자라지 못한 여린 잎
그게 그리 맛있더냐

고구마 순 무럭무럭 자라
이랑 넘어 고랑을 덮으면
고구마 주렁주렁 달릴 텐데

한 계절 참고 기다려
잎 차고 열매 맺으면
먹을 만큼 먹고도 남을 텐데

라니야 고라니야
참는다는 건
하늘의 빛을 먹는 일

돼지야 멧돼지야
기다린다는 건
흙의 기운을 얻는 일

되는 거 하나 없다고
조바심치던 일
또 가끔 마음을 헤집던 일

가을볕 따끔하게
내 속의 멧돼지와 고라니
고구마밭에서 만나다

인 연

매실 두 알이
하나로 붙어있다

샴쌍둥이같이
엉덩이 두 쪽 같이

인연은 손잡음이다
매실의 기형을 보고

절대 떨어지지 않겠노라는
분명한 다짐을 보았다

내밀면 잡아주고 당겨주는
한 몸 같은 인연

마치 우리 두 내외 같아
그만 쪼개놓지 못했다

딱 붙은 매실 한 쪽이
딱 달라붙은 나만 같아

혹 같은 그 반쪽
차마 도려내지 못했다

제3부

푸성귀도 열매 맺는 가을

낙 엽

나도
한 번쯤
낙엽이고 싶다

내 인생
어느 가을날
마지막 남은 생을 거두며
푸석이는 날개 내려놓을 적에

그때
한 번쯤
재빠르게 몸을 돌려
반짝이는 낙엽이고 싶다

바닥을
뒹굴어도
고고한 자태 변함없는
검붉은 단풍잎

외로운
가을 언덕
바람 지는 다 저녁에도
흩뿌리는 은행잎

마지막
인사를 건네며
책갈피로라도 흔적 남길
낙엽 되어 서서히 지고 싶다

손바닥
반도 못 가리는 가을 잎
몸을 사르면 허공에 지고 마는
작디작은 기억

그렇다고
그대 나와 나눈 가을을
정녕 잊을 수 있겠는가
나는 그대 안의 가을로 남아

바스락
마른 소리로 답하는
낙엽이고 싶다

보약 한 첩

가을은 바람도 향기가 다르다
구수한 초가집 앞마당을
막 지나온 탕약 같은 향

가을바람은 한 첩 보약이라
마른 가지 결실하고 깊은 땅이 소산하며
하찮은 작은 풀도 열매를 맺는다

쓰디쓴 한약을 달게 마신 듯
드높은 하늘을 올려다보면
접혔던 관절도 활짝 날개를 편다

가을바람 지나간 자리
어루만진 들마다
생명을 살게 하는 알곡 익는다

김매러 갑니다

개망초 코스모스 수레국화
어릴 적 소풍 가던 그 길을 갑니다

치덕치덕 선크림 허옇게
됫박을 쓰고도 모자란 것 같아

리본 달린 밀짚모자에
햇볕 가릴 선글라스는 기본입니다

한껏 멋이 나는 농부
밭일은 한 패션이 합니다

호미가 손에 없다는 걸
힘줄 같은 풀밭을 보고야 알았습니다

꼬꼬댁 새벽닭이 울면
밭으로 가시던 할머니가 그립습니다

달랑 수건 한 장 동이고
호미 한 자루 꼬부랑 뒷짐에 들었겠지요

도시농부의 가을

하늘이 바다보다 푸른 날
들판은 꽃보다 눈부시고
농부의 발길은 어제보다 바쁘다

나무가 봄보다 짙어지고
쪽밭도 초록으로 만개하니
농부 얼굴 싱싱한 꽃이라

봄여름을 지나온 산천이
울긋불긋 단풍으로 물들 때
농부네 가을은 금빛 녹빛으로 물들어

허수아비 뛰노는 두렁
배추벌레 통통 살찌는 텃밭
도시농부의 가을은 들판으로 온다

속살 두툼한 무 한 다발
엉덩이 뽀얀 배추 한 포기를
가슴에 안고 넘어가는 햇살 아래 서면

밀레가 그린 만종의 주인공
여여로이 익어가는 저녁
도시농부는 일상으로 가을을 그린다

서툰 농부

어린 시절
방학만 되면 외가엘 갔습니다.
밭 옆, 논 밑 개울에서
꽃무늬 수영복을 입고
벌거숭이 시골 친구들과 멱을 감았죠

꼭 그때 그 모습으로
서툰 농사를 지었습니다.
알 없는 배추도
아까와 버리지 못하고
김치통 밑바닥에 깔아 두었지요

모자란 듯 어울리지 않아
어색해도 가장 편안한 모습입니다
자연스레 스며든
새빨간 고춧물처럼
겉 보다 속이 먼저 물들었어요

살짝 묻은 먼지도
톡톡 털어내던 손이었는데
거친 흙쯤은 훌훌 바람에 흔들어
바지 자락에 쓱쓱 문질러
뚝 잘라 나눠 먹는답니다

종자까지 바꿔놓는
화학비료가 무서워
살살 지렁이를 달래가며
흙 농사가 대농인 줄
이제는 안답니다

감나무 밑에서

어릴 적 감나무는
꿈이었다
기다리거나
혹은 올라가거나

홍시가 다닥다닥 달린
감나무 밑에 누워
한나절을 기다려도
떨어지지 않던 꿈

어른이 되어가며
인내를 배우고
어른처럼 큰 나무
아버지보다 큰 나무를 꿈꾼다

계절이 바뀌면서
감소식 간간이 들려오면
대문을 활짝 열고
기쁘게 감 마중을 한다

울타리도 없는
좁은 베란다에 주렁주렁
곶감이 되리라
꿈꾸는 땡감 세 접을 걸었다

떫고도 텃텃한 세상살이
숨 가쁘게 달리다가
꿈처럼 아득한 고향
뒤란에 서 있던 감나무

어른이 되고 싶었던
어린 날의 그 마음
그림 같은 감나무 밑에서
어른은 아이를 꿈꾼다

올라가지 못해
세월을 기다리던
아이가 자라듯
감나무는 저절로 크는 꿈이다

곶 감

떫기만 한 세상
작은 몸에 칼을 들이대고
껍질을 벗기면 말간 살이 봉긋 솟는다

부끄러운 알몸을
조금씩 조금씩 뒤척인다
땡감도 꿈을 꾸는 계절

시든 몸을 말리면
달콤한 분이 온몸을 뒤덮고
그제야 새로움으로 태어난다

입안을 꽉 조이던
텁텁함을 퉤퉤 뱉어내던
땡감의 슬픔은 벌써 잊은 지 오래다

박 바가지

박 한 덩이를 얻었다.
묵직한 것이 제법 잘 익었는데
칼로는 도저히 자를 수가 없어
정육점 뼈 써는 기계로
드르륵드르륵 두 덩이를 만든다.

뽀얀 우윳빛 속살은
박 볶음 박고지 박죽의 환생을 준비하고
퍼런 겉살은 소금물에 푹푹 끓여
한 겹 겉옷을 벗으니 마알간 자태가
황금빛 보름달의 지구 환생이다

박 바가지 함부로 깨지 마라
두 어깨가 뻐근 토록
속과 겉을 긁어내고도
햇볕에 사나흘 그슬려야
비로소 모양을 얻나니

시장 마트 무론하고
다 있다는 다이소 한 켠
흔한 게 바가지라 하여도
여름 햇살 고스란히 품은
박 바가지 둥실 집안을 밝힌다

가 을

투덜대던 비바람
야금야금 따돌리고

멀어지는 햇살에
점점 더 다가가는 하늘

땡감은 속살을 익히고
밤송이는 젖은 옷을 말리며

가을이 그렇게
제집처럼 찾아오면

상처는 아물고
기억은 열매가 된다

하늘이 높아질수록
나무는 잎을 내리고

몸을 점점 밑으로
땅 빛과 색을 맞춘다

누드 알밤

손가락 나가는 줄도 모르고
다 깠다 다 깠어
쏙 쏙 집어먹으면
열 배는 더 맛있는 누드 밤

개기월식 끝낸
노란 달빛
닮았다 닮았어
보름달 맛이 나는 알밤

허수아비

하늘이 한 뼘은 더 올라간 날
바람은 길을 만들고
구름은 들판 위를 서성인다

벌거벗은 막대에
옷 입히며 눈 그리는 사람들
그렇게 허수는 아비가 되었다

날개 해진 옷 휘날리며
거나한 할배처럼 좀 삐딱하니
벼 이삭을 지켜내던 허수아비는

마을 앞 장승의
마음을 다스리는 주문처럼
기도와 염원을 담는다

허수아비는 추억과 친구라
휘파람처럼 여린 그 이름만으로도
잊혀진 그리움을 부른다

잘 익은 가을날
해 저문 들판에 남아
돌아가지 못할 몸으로 서 있다

무쇠의 눈물

솥으로 태어난 무쇠는
인생을 아는지
황혼에 이르러 눈물을 보인다

차가운 쇠붙이 어둡고 무거워도
활활 아궁이를 밝히면
지그시 감은 눈 뜨겁게 젖는다

밥이 익을 만큼 익어야
가슴이 타오를 만큼 타들어야
비로소 한줄기 빗장을 허문다

사시사철 싸늘한 세상을 향해
굳게 닫혔던 마음을 열어
검은 눈물로 검은 몸을 적신다

부글부글 겹겹이 흐르는
밥 내 진동하는 고단한 저녁
하얀 쌀밥으로 세상을 먹인다

겉이 검다고 속도 검겠는가
속으로 키운 보름달 같은 자식을
내어주는 깊은 어미가 된다

가마솥에 흐르는 눈물은
무쇠의 심장이 얼마나 뜨거운지
세상으로 내미는 손 잡음이다

무쇠의 눈물에 얽힌
쇠를 녹인 밥맛이 그리워지는 건
긴 어둠을 지나온 기억이 있음이다

지난가을 같은 그대여

지난가을
빛 고운 단풍 몇 닢
책 속에 묻었다가
흰 눈 오는 새벽
불현듯 생각나 꺼내 봅니다

아직도
진한 목숨처럼
붙어있는 붉은빛
그대와의 추억처럼
고스란히 남아 있네요

그 가을
그대 잊지 않았다면
한 번쯤 용기 내어
소식 좀 전해주오
여전히 잊지 못하였노라

난 아직
희미하게 철 지난
마른 낙엽같이
스러질 노래를 부르며
그대 기억 속에 살아가고 있다오

제4부

추울수록 힘이 나는 겨울

오늘은 행복

동트기 직전의 새벽녘
알 수 없는 미래를 쫓아
보이지 않는 길을 걸으니
불안은 늘 턱까지 차오르고
미세한 떨림에도 빠르게 반응하였다

먹다 남은 식은 밥 한 덩이
맹물에 말아 목구멍으로 넘기면
허기는 면하겠지만 별맛이 있겠는가
사는 게 늘 맹물처럼 무미해도
손 내밀면 잡아줄 그대가 있어

그래도 살만은 하였노라
오늘을 행복이라 여기면 그뿐
어두운 밤길을 걸어가도
그대가 있어 무섭지 않았으니
추운 겨울 웅크려도 힘이 남이다

생애 최고의 김장

팔다리 머리 어깨허리
안 아픈 곳이 없다
도시농부 김장하는 날
온몸의 근육이 잠을 깬다

갑자기 몰아닥친 한파에 놀라
살얼음 살살 오른 배추를 뽑아
다듬고 절이고 속 넣고
같아도 같지 않은 김장이다

뜨거울 대로 뜨거운 8월
두둑 올려 어린 모종을 심고
고랑에 물 대고 핀셋 들어
벌레도 몇 마리 잡아주고

해가 점점 짧아질수록
앉은뱅이처럼 옆으로만 크니
배추 안이 차려나 안 차려나

보이지 않는 속이 궁금도 하였다

뽑고 나르고 푸성귀 치우기
하루는 모자라 삼 일이나 걸려도
내 발소리 먹고 나온 맛
생애 최고의 흙 묻은 손맛이라

동지팥죽

액운을 막아준다는
붉은 팥으로 죽을 끓인다

동지팥죽은
늙은 어미의 신앙이다

날마다 기도해도
아픈 몸은 낫질 않고

기울어가는 해 끝에
어김없이 동짓달은 뜨는데

더 이상 숙일 것도 없는
굽은 허리를 기울여

묵묵히 한술 뜨는
팥죽은 기울어가는 세월이다

늙은 시어미를 대신해 끓이는
동지팥죽은 며느리의 순종

풍습으로 익힌 어미의 신앙은
백 번의 기도보다 강하다

창 너머 드는 볕

한 줄기 봄볕이 그리운
한겨울 창가에
서 있을 수 있는 건

바람 찬 창을 넘어와
그윽하게 감기는
겨울 볕이 있기 때문이다

눈부시게 따가운
겨울이 은혜로운 창가
겨울딸기 눈부시게 달렸다

붉은 꽃을 피우고
푸르던 열매에 붉은 옷을 해 입히는
엄마처럼 열매를 익힌다

바라만 보았을 뿐인데
행복이 입안 가득 고인다
따 먹지 않아도 그 맛을 알겠다

베란다에 50개도 넘는
잘 익은 딸기를 두고
마트 가는 발길을 서두른다

한련화야

아파트 베란다 창가에
한련화 한 포기를
옮겨 심고 참 많이 미안했다

겨울에서 겨울로 그러니까
일 년 내내 피고 지고 피고 지고
끊임없이 지즐대는 기쁨

줄기가 여려 잠깐 사이 툭
아깝게 꺾인 꽃은
화병에 꽂꽂이로 다시 핀다

햇살보다 고운 빛을
물에 가두곤 얼음으로 태어나
더운 잔에 생기가 된다

단둘이 말아먹는 국수에
푸성귀 일색 샐러드에
꽃 빛 고명 이야기가 된다

얕은 흙도 땅이라고
베란다 한켠 보듬어 빛나는
한 떨기 한련화에 영원이 있다

한 그릇

설날 아침
가지런히
만두를 빚는다
생각을 빚는다

설날 아침
뭉긋이 우러난
떡국을 먹는다
나이를 먹는다

내일 만나 볼 나는
어제의 나보다
한 그릇 먹은 만큼
커져 있으려나

담아낼 한 그릇
비워둔 한 그릇
속이 꽉 찬
떡만두 한 그릇

새날을 맞으며
꽉 꽉 채워둔
시간 한 그릇
지갑처럼 든든하다

가슴에 묻어 두고
시시때때로 꺼내 쓸
새날 새 시간 새마음
새로 한 그릇 채운다

크리스마스트리

누구나
간절한 마음으로 손 모아
기도하는 밤이 있다

누군가
홀로 근심하다 잠 못 드는
서러운 새벽이 있다

누구든
오고 가는 길에 불쑥 만나도
마음이 따뜻해지는

트리는
세모에 울리는 종소리
세상을 밝히는 불빛 같은 거

하루의
고단함을 보내고 마주 서

소박한 위로를 받는다

굴뚝을
찾지 못한 루돌프는
트리의 별을 보고 달려오고

산타는
선물이란 이름의 등짐을
그 앞에 내려놓는다

일 년을
다 보내고 나서야 비로소
만날 수 있는 나무

어른도
아이처럼 수줍게 바라보는
메리 크리스마스트리

크리스마스이브에는

크리스마스이브에는
순대라도 한 접시 할 일이다

참이슬 프레쉬 한 병을
똑 하고 따서는

앞에 앉은 누구게라도
한 잔 건넬 일이다

그게 너라면 좋고
당신이라면 더 좋으니

크리스마스이브의 밤을
그냥은 보내지 말 일이다

새파란 배춧잎 두 장이면
시든 얼굴에 딱 좋은 취기 오른다

아기 예수님 덕분에 한 잔을
마셨다고 나무라진 마세나

지난 추석에 보았던 보름달이
여태도 휘영청 떠 있는 밤이네

무차를 마시다가

질경질경
무 두 쪽을 씹는다
단물 다 빠지고
물컹해진 물맛
시들어진 무맛이다

방금 세수한
뽀얀 얼굴로 만날 땐
하얀 속살이
아삭아삭
싱그러운 맛이 나더니

햇볕에 그을리고
불에 달구어진
비쩍 마른 몸
진국을 다 우리고 나니
슬픈 몸만 남았다

질경질경
마지막을 아는 듯
늙은 몸을 부비며
느릿느릿
남은 맛을 짜낸다

말라비틀어진 인생도
따순 물에 몸을 불려
물맛 쏙 배이면
다시 쓸 수 있으려나
좋겠다 그럼 정말 좋겠다

겨울에도 싹이 튼다

한껏 부풀린
아이의 풍선이
하늘을 꿈꾸다 곤두박질을 한다

새빨간 섬섬옥수
요염하던 단풍은
허공을 나르다 낙엽 되어 뒹굴고

이제 겨우 자리 잡고
앞가린 인생길
언덕을 넘으니 내리막이 보이지만

발길에 채여도
꿈쩍 않는 도토리 한 알
가늘고 긴 생명줄이 달렸다

계절을 놓친 새싹은
행여 밟힐세라
몸을 구부려 땅속을 파고든다

인생도 그런지라
더딘 몸을 일으켜
황혼이 오는 길목에 싹을 틔운다

하늘이 높을수록
땅과 더 가까이
천천히 느린 걸음을 준비한다

땅이 열린다

겨울을 처마 끝으로
밀어내며 내리는 빗물
봄은 머지않았다

얼굴을 할퀴며
세차게 불던 바람은
따뜻한 온기를 입고

나지막이 깔리며
생동하는 기운으로
세상을 깨운다

무거운 땅을
들어 올리는 건
손톱보다 작은 새싹

단단히 다져진
흙 사이로 틈을 내는 건
작년에 떨어진 풀씨

마른 가슴에도
초록이 점점 밀려든다
봄비 한 방울에 땅이 열린다

십이월

거미줄에 걸린
알전등 불빛이
별빛보다 찬란한 밤

꼭 한 번은
만나야 한다면 12월에 만나라
일 년을 꼬박 기다려
그리움이 어둠만큼 커버렸나니

못다 이룬 약속을 위해
하루쯤은 비워도 좋으리라

끊지 못할 끈이라면
차라리 접붙여 싹을 틔우자
눈은 내리고
만약에 단둘이라면
발자국은 덮으며 가야 하리라

바람 찬 거리에서
휘청이던 사람들은
손을 들어 안녕을 외친다
잘 가라는 인사가
길면 길수록 아쉬움도 깊다

어렴풋이
간밤의 숙취에서 벗어날 즈음
잘라버린 꼬리에선
벌써 새 살이 돋는다

동백꽃 피다

키 작은 동백이
개화하는 아침

세상이 온통
벚꽃으로 시끄러워

때를 놓친 줄
함부로 생각하였구나

처음이라 피는 일도
서툰 것을

헤아리지 못해
더 반가운 선물

골목길 외등처럼
붉기도 하여라

무청 말리기

한파가 예상되는 가운데
텃밭에 남은 푸성귀를
급히 거둬들인다

손수 기른 채소라고
말라빠진 무청도
버릴 수가 없다

소금물에 데친 무청을
허수아비 같은
옷걸이에 걸어 둔다

바람도 안 통하는
도시농부네 아파트
손톱만큼 창문이 열렸다

땅 한 평 없어도
마른 잎은 생을 얻어
또 한 번 결실할 예정이다

겨울 씨앗

기다림은
길었고

만남은
짧았으며

이별은
곧 끝낼 예정이다

씨앗은
마른 몸을 숨기고

겨울을 견디며
다음 생을 준비한다

봉투 안에서
때를 기다린다